Astrid Reimann

Der Riss im Kummer

Geschichten

Bibliografische Information der Deutschen
Nationalbibliothek:
Die Deutsche Nationalbibliothek verzeichnet diese
Publikation in der
Deutschen Nationalbibliografie; detaillierte
bibliografische Daten
sind im Internet unter http://dnb.dnb.de abrufbar.

Herstellung und Verlag:
BoD – Books on Demand, Norderstedt
ISBN: 9783758316593

Ich danke dem Leben für die Begegnungen, von denen

meine Geschichten sich nähren.

Dieses Buch ist

für alle, die wir liebten

und gehen lassen müssen

Inhaltsverzeichnis

Nachwort

Das Nachwort zuerst? Das kann doch nur ein

Druckfehler sein.

Ist es nicht. Denn ursprünglich sollte das Nachwort ein

Vorwort werden. Am Ende konnte ich mich nicht

entscheiden und hielt es durchaus für beides berechtigt.

Diese Entscheidung überlasse ich nun Ihnen. Stellen Sie

sich das Buch als einen Park mit zwei Eingängen vor,

vielleicht wählen Sie den Haupteingang und gehen den

geraden Weg hindurch, vielleicht stromern Sie aber

lieber ein bisschen kreuz und quer und benutzen

möglicherweise beim Verlassen erneut den zuerst

gewählten Eingang.

Ursprünglich sollte das Buch „Frühjahrsputz mit Hut"

heißen. Locker, flockig. Das änderte sich jedoch mit der

Geschichte, in der Yvonne ihrem Mitbewohner erklärt,

warum sie ausgerechnet bei einem Bestatter ausstellen

wird. Meine Lektorin mochte das Bild vom „Riss im

Kummer", ich mochte es.

Und ich dachte – das wäre doch ein guter Buchtitel.

Denn in den hier vorliegenden Texten geht es (wieder)

um Begegnungen zwischen Menschen, um Abschied und Neubeginn, ums Sterben und Wiederfinden und um die Heilung von Rissen. Der Titel spannte sich leicht wie ein Windsegel über eine Terrasse, unter dem meine Figuren genug Luft bekamen und trotzdem geschützt waren. Und je länger ich sie betrachtete, umso mehr erfüllte mich ein Gefühl, ähnlich einer Mutter, die voller Stolz ihre erwachsenen Kinder ziehen lassen kann.

Doch auf einmal war da ein Riss in mir. Als ich zwei Drittel des Buches fertig hatte, ging es nicht weiter. Der Flow war gegen einen Felsen geprallt und abgestürzt, der innere Kritiker prüfte nun jede Idee anhand des neuen Titels. Schließlich galt es, einem Anspruch gerecht zu werden. Die Latte hing hoch.

Mein mütterlicher Blick streifte unsicher den Nachwuchs – werden mir die „Nesthäkchen" - ebenso gelingen?

Gut, dachte ich, schreibe ich erstmal ein kurzes Vorwort, vielleicht finde ich so zur Leichtigkeit zurück. Schnell wurde mir jedoch bewusst, dass es weder kurz, noch leicht werden würde.

Wie haben denn die Menschen in meinen Geschichten ihre Risse geheilt? Was brauchte es dafür? Einen Schritt *zurückzutreten. Reflektion. Sich selbst anzunehmen, auch mit den vermeintlichen Schwächen. Sich die Zeit zu geben, die es braucht.*

Ich würde doch auch nicht am Nachwuchs ziehen, damit er schneller wächst. Sie müssen nur einem Maßstab genügen, ihrem eigenen. Gut möglich, dass die nächsten Geschichten-Kinder nicht so glänzen werden wie die vorangegangen. Vielleicht aber wird man zwischen den Zeilen ein kleines Licht finden oder ihr Strahlen beim zweiten Lesen entdecken. Eines aber werden sie sein, authentisch und auf ihre Art wertvoll. Somit ist dieses Buch mein bisher persönlichstes geworden.

Ich danke dem Leben für die vielen Impulse und Begegnungen, von denen meine Geschichten sich nähren. Und ganz besonders danke ich Ihnen für Ihre, danke ich dir für deine Begleitung.

Astrid Reimann

Frühjahrsputz mit Hut

Kauf ihn dir.

Flüsterte ihr eine Stimme ins Ohr.

Kerstin schlug mit der rechten Hand in die Luft, als wollte sie eine Fliege vertreiben.

Kauf dir den Hut endlich!

Rief die Stimme wieder, jetzt laut und deutlich und überraschend vertraut. Kerstin riss die Augen auf, die blickdichten Vorhänge waren sehr effektiv.

Und außer dem leisen Schnarchen von Olaf neben ihr, blieb es still.

Sie drehte sich auf die andere Seite, war aber hellwach. Sind das womöglich schon die Wechseljahre? Ihre Mutter hatte sie bereits gefragt, ob sie denn auch schon Hitzewallungen habe.

Kerstin stand auf, warf sich den Bademantel über und ging ins Wohnzimmer. Intuitiv öffnete sie die Balkontür, nahm einen tiefen Atemzug der würzigen Luft, die vom See herüberwehte, und trat hinaus. Es war die erste milde Nacht nach einem viel zu langen Winter.

Über ihr ein sternenklares Himmelszelt, wie für Träume gezaubert oder für Nachtschwärmer, wie Kerstin heute einer war. Sie dachte plötzlich an ihren Vater. Er hatte ihr oft die Sterne gezeigt, den großen Wagen mochte sie am liebsten. Und dass sie heute keine Angst vor Gewittern hat, verdankte sie auch ihm. Als kleines Mädchen, auf seinem Arm geborgen, bewunderte sie die Schönheit wilder Blitze. Ihr Vater war vor zehn Jahren bei einem Verkehrsunfall ums Leben gekommen. Hatte die nächtliche Stimme nicht sogar ähnlich seiner geklungen? Was für ein sentimentaler Moment.

Kerstin zog sich wieder in die Wohnung zurück.

Sie nahm eine Flasche Milch aus dem Kühlschrank und trank daraus ein paar große Schlucke. Dann zog sie sich auf die Arbeitsplatte hoch und setzte sich neben die Brotmaschine. Von dort sah sie in den funkelnden Nachthimmel und dachte nach.

Nun spukte ihr dieser Hut bereits in ihren Träumen im herum.

Sie hatte ihn vor fünf Tagen in den See-Passagen entdeckt. Dunkelblau, glockenförmig, reduziert sogar, weil wohl noch aus der Winterkollektion. Auf der rechten

Seite saß lässig eine schwarze Baumwollschleife über der Krempe, wie aus einer Jeans geschnitten. Der obere Teil des Hutes war mit roten, grünen und gelben Wollfäden durchzogen. Sie hatte sich augenblicklich in ihn verliebt. Mit ihren Fingern zog sie die farbigen Streifen nach.

Aber Rot und Blau schmückt die Sau, hatte sie als Kind von ihren Tanten gelernt. Schon erstaunlich, wie lange sich solche Botschaften hielten.

Meliert ist wieder im Kommen, hatte die Verkäuferin bei Kerstins erstem Besuch gesagt.
Meliert, kaschiert, reimte ihr Kopf. Das Wort Kaschieren begleitete sie durch ihre Jugend. Denn es gab laut ihrer Mutter viel zu kaschieren - Kerstins kräftige Oberschenkel und die X-Beine unter Röcken, die sie noch mochte. Oder der Busen, der sich von allen Mitschülerinnen ausgerechnet bei ihr zuerst wölbte, und den sie zu verbergen suchte, indem sie einfach die Schultern nach vorn zog.
Kaschieren machte eng und kurzatmig.

Finden Sie nicht, dass diese Farben sehr auffallen, hakte Kerstin darum nach.

Im Gegenteil, dieser Hut ist ausgesprochen dezent, versicherte die Verkäuferin. Es hatte Kerstin nicht überzeugt. Beim zweiten und dritten Besuch im Laden nickte die Dame nur stumm zur Begrüßung, stets lächelnd, als wüsste sie bereits, dass Kerstin den Hut nicht kaufen würde.

Kerstin begann zu frösteln. In die nächtliche Stille rutschten ihre Hauslatschen von den Füßen und fielen auf den gefliesten Boden.

Eine zweite Erinnerung an den Vater schwebte ihr vor Augen, als würde ihr eine unsichtbare Hand ein Foto vorhalten. Darauf Papa und sie mit Hut.

Wann war das? Irgendein runder Geburtstag von ihm.

Meine Tochter hat ein Hutgesicht, hatte er damals gesagt.

Stimmt, aber warum tat sie sich dann so schwer?

Seit wann teilte sie seine Ansicht nicht mehr?

Wieder ein Erinnerungsfoto. Sonja Gericke, eine Kollegin, mit der sie zusammengearbeitet hatte, bis diese in Rente ging. Es war ein heißer Sommertag, Kerstin betrat morgens mit einem gestreiften Sommerhut das Büro. Die breite Krempe schien bei jedem Schritt um ihren Kopf zu hüpfen und sie fühlte sich weiblich und schön mit ihm.

Wie siehst du denn aus, entfuhr es Sonja zur Begrüßung. Auch wenn sie später sagte, sie habe es nicht so gemeint, hatten sich diese fünf Worte wie Widerhaken ins Gedächtnis gebohrt.

Anscheinend bis heute. Kerstin schüttelte sich, als wollte sie die Erinnerung loswerden.

Halb eins. Langsam musste sie sich entscheiden, zurück ins Bett oder…

Kerstin schlich ins Schlafzimmer, zog leise die oberste Schublade der weißen Ikea-Kommode auf, griff sich ein Paar dicke Socken und ging zurück in die Küche.

Im Brotkasten lagen zwei leicht angetrocknete Mohnbrötchen, auf die sie keine Lust hatte. Stattdessen schob sie sich Salzstangen aus einer angebrochenen Tüte in den Mund und öffnete eine Flasche ihres spanischen Lieblingsrotweines, von dem sie immer einen kleinen Vorrat im Haus hatten.

Dann zündete sie alle Kerzen an, die sie in der Küche finden konnte und verbrannte sich bei der letzten die Finger am verkohlten Streichholz.

Doch das war unwichtig.

Kerstins Blick verlor sich für einige Minuten im bläulichen Schein um die vielen Dochte. Sie dachte an frühere Kerzenabende mit Olaf, als sie oft nächtelang in der Küche saßen und redeten.

Die Magnete an der Kühlschranktür hielten Fotos fest, ein paar Urlaubskarten von Freunden und handgeschriebene Liebesbotschaften aus den Anfangszeiten ihrer Beziehung, mit denen sie sich gegenseitig überrascht hatten.

Und mittendrin seit Neuestem ein Spruch:

Machen Sie einen Frühjahrsputz auch in Ihrem Leben!
Ordnen Sie nicht nur die Dinge im Haus, sondern räumen Sie auch in Ihren Gedanken und Gefühlen auf!

Kerstin hatte ihn aus einer Zeitschrift geschnitten.

Mal wieder hatte sie sich vorgenommen, Frühjahrsputz zu machen und viele andere Dinge mehr. Stürzte sich wie üblich mit Eifer in das Neue, doch nach einigen Wochen oder manchmal sogar Tagen schlichen sich die alten

Gewohnheiten ein. *Ich bin halt nicht diszipliniert genug,* entschuldigte sie sich vor sich selbst.

So blieben auch im Tagebuch, welches sie schon lange schreiben wollte, lediglich die ersten Seiten gefüllt.

Wo hatte sie es nur hingelegt? Sie ging ins Wohnzimmer und wollte danach suchen, aber auch nicht unnötig Lärm machen. Stattdessen griff sie sich das schmale Heft, welches oben auf dem Ablagestapel ihres kleinen Schreibtisches lag, und in das sie seit Kurzem die monatlichen Einnahmen und Ausgaben eintrug. Sie zog einen Kugelschreiber aus dem metallenen Stiftehalter und ging wieder in die Küche.

Eine Bilanz, das passte doch irgendwie auch zum Frühjahrsputz des Lebens, fand sie.

Sie blätterte drei, vier Seiten um, auf denen sie mit einem Bleistift Spalten gezogen hatte und schrieb auf das erste leere Blatt:

Ich habe heute Nacht eine Stimme gehört. Und strich den Satz sofort wieder.

Heute beginnt mein seelischer Frühjahrsputz.

Der Anfang gefiel ihr besser.

Gedankenverloren drückte sie mehrere Male die Mine des Kugelschreibers rein und raus, bis schließlich weitere Worte und Sätze kamen.

Kerstin vergaß die Zeit. Die ersten Kerzen tropften Wachsmuster auf den Tisch. Es war zehn Minuten vor drei.

Sie schrieb, bis ihre Augen müde wurden, die letzte Seite erreicht war und ihre Wangen heiß brannten.

Für einen Moment legte sie ihre Hände auf das geschlossene Heft. Ein Gefühl von friedlicher Weite erfasste sie, so, als hätte sie sich in den vergangenen Stunden ins Unermessliche ausgedehnt.

Schläfrig blies sie die noch brennenden Kerzen aus und ging zurück ins Bett. Olafs Lippen entwich ein leichter Seufzer, als sie sich an ihn schmiegte, und sofort in einen kurzen traumlosen Schlaf fiel.

Obwohl der Wecker nach nicht einmal drei Stunden klingelte, fühlte sich Kerstin erfrischt und voller Energie. Olaf, der morgens nur schwer in Gang kam, meinte: *Na, du musst ja mächtig gut geschlafen haben!*

Ihre hervorragende Laune überstand sogar den langen Bürotag. Nach Feierabend ging sie wieder in die See-Passagen. *Nur mal gucken,* sagte sie zu sich selbst.

Doch heute drängten sich mehrere Kunden in dem kleinen Laden, wohl auf der Suche nach Sonderangeboten. Vielleicht sollte sie besser den Hut reservieren lassen?

Sie tat es nicht.

Am Abend fragte sie Olaf: *Wollen wir den Fernseher heute nicht mal auslassen?*

Sie fand noch ein paar Kerzenstummel und Teelichter. Anfangs fühlte es sich ungewohnt an, wieder zu zweit im milden Licht der Kerzen in der Küche zu sitzen. Doch bald ließ sie sich völlig auf diesen Moment ein, der sowohl Olaf, als auch ihr Sätze entlockte, die nur darauf gewartet hatten, ausgesprochen zu werden.

So ging der Abend in die Nacht über. Und Kerstin erzählte sogar etwas mehr, als sie eigentlich wollte.

Am Ende blieben müde Augen, vier zärtliche Hände und zwei hungrige Lippenpaare.

Zwei Tage später betrat Kerstin erneut das Fachgeschäft.

Was für ein Glück, er war noch da.

Mit klopfendem Herzen setzte sie die begehrte Kopfbedeckung auf und wollte gerade zum Spiegel treten, als eine tiefe Stimme hinter ihr sagte: *Der Hut steht Ihnen wirklich ausgezeichnet, junge Frau!*

Erschrocken drehte sie sich um. Vor ihr stand Olaf.

Du? Woher wusstest du?

Na, du hattest mir doch von dem Hut erzählt.

Ach, der Hut, winkte Kerstin ab. *Aber schön, dass du hier bist! Lass uns einkaufen gehen, ich habe Lust, heute was Besonderes zu kochen.*

Schnell hakte sie sich bei ihm ein, ehe er protestieren konnte.

Als sie wenig später mit mehreren Tüten beladen in der Drehtür zum Ausgang standen, meinte Kerstin:

Fahr doch schon mal nach Hause, ich habe was vergessen und komme nach. Und ein paar Schritte zu laufen, wird mir auch guttun.

Sie gab ihm einen Kuss und schob ihn Richtung Haltestelle.

Dann ließ sie sich erneut in das abendliche Shopping-
Gewühl hineindrehen und war selbst überrascht, wie
zügig und sicher und mit kleiner Vorfreude im Herzen sie
zu dem Hutgeschäft lief. Wahrscheinlich hätten ihre Füße
den Weg dahin auch im Dunklen gefunden.

Das Glöckchen an der Eingangstür schlug an, das
Lächeln der Verkäuferin gab sie heute zurück. Ein Griff
zum Haken, schnell zur Kasse, bloß nicht mehr zögern.

Dass der Bus gerade vor den Passagen hielt, als sie
rauskam, passte ihr gut, denn auf einmal wollte sie doch
schnell nach Hause.

Sie schloss auf, warf die große Tüte schwungvoll aufs
Bett und ging zu Olaf in die Küche, der bis auf die
Zutaten für das Abendessen fast alle Einkäufe verstaut
hatte.

In die geöffnete Kühlschranktür hinein sagte er:

Gut, dass du ihn endlich gekauft hast!

Ach du, sagte Kerstin zärtlich und zog ihn am Arm zu
sich.

Die Tage vergingen.

Kerstin trug den Hut noch immer nicht, erfand stets neue Ausreden.

Bis es Olaf reichte. *Wenn du ihn heute nicht trägst, verschenke ich ihn*, drohte er.

Premiere also, auch wenn er für das Wetter an diesem Tag schon etwas zu warm war.

Die Handgriffe saßen. Hundertmal geprobt. Vor den Spiegeln, zuletzt im Flur.

Als Kerstin zaghaft auf die Straße trat, hatte sie das Gefühl, als würden alle Leute nur zu ihr schauen. Fast hätte sie das Ding wieder abgenommen, so unangenehm war es ihr.

Sekundenschnell schossen ihr Sätze durch den Kopf:

Wie siehst du denn aus?

Ach, der ist doch dezent.

Der kaschiert aber nicht.

Räumen Sie Ihre Gedanken auf!

Die Blicke der Passanten trafen wie Eisregen auf ihr Gesicht, Kerstin schlug die Augen nieder. Ihr Kopf wurde schwerer, das Gehen fühlte sich wie ein Langstreckenlauf an.

Kerstin blieb stehen und stellte fest, dass die meisten so sehr mit sich selbst beschäftigt waren, dass sie weder sie noch den Hut wahrnahmen.

Ich bin unsichtbar, dachte sie. Traf es also doch zu, dass Frauen mit zunehmendem Alter nicht mehr so sichtbar sind? Nein, Olaf sah sie noch, auch die Verkäuferin hatte sie gesehen.

Sie stellte sich vor ein Schaufenster und musterte sich. Oder habe vielmehr ich mich in den letzten Jahren selbst wegkaschiert?

Kerstin zupfte an ihrem Hut, ihre Finger berührten die Schleife. Dann straffte sie die Schultern und nickte ihrem Spiegelbild zu.

Du sollst in den Spiegel sehen und zu dir selbst sagen, dass du schön bist, dass du dich so magst, wie du eben bist.

Diesen übertriebenen Ratschlag hatte sie so oft gelesen. Aber er schien zu funktionieren.

Lächeln. Ich bin schön. Der Hut ist schön. Ich kann ihn tragen. Ja, Leute, guckt nur, ich halte das aus. Was, ich gefalle euch sogar? Na, umso besser.

Der Weg zur Arbeit begann, ihr ein bisschen Spaß zu machen.

Als Olaf am Abend nach Hause kam, fragte er, noch ehe er seine Jacke ausgezogen hatte: *Und, wie war es?*
Kerstin zeigte zur Ablage auf der Garderobe und antwortete:
Frag ihn!
Olaf lachte: *Ich möchte es aber von dir hören.*
Nach kurzem Schweigen sagte Kerstin: *Anfangs war es schwierig und am Ende gefiel es mir.*
Sie verschränkte die Arme vor der Brust.
Ich glaube, ich habe heute was kapiert, sprach sie weiter.
Olaf nickte. *Du willst etwas ändern?*
Sie standen noch immer im Flur.
Ja. Ja, ich muss.
Er schwieg.
Mehr wie zu sich selbst fuhr Kerstin fort:
Ich denke, es ist Zeit, meine Gedanken aufzuräumen. Zeit für einen Frühjahrsputz.
Sie legte ihre Hände auf Olafs Schultern. Er zog sie an sich und hielt sie fest.

Kerstin fühlte sich geborgen.

Dann schob er sie ein wenig weg, und sagte mit

aufmunterndem Blick:

Gut. Lass ihn uns zusammen machen.

Seitdem - Eine Erinnerung

Heute Abend?, fragte Susi. *Du hast es ja eilig. Es war
also schön auf Sylt? Ich kann doch durchs Telefon hören,
wie du strahlst.* Und typisch für sie kam gleich hinterher:
Hast du einen tollen Typen aufgegabelt?
Mit Susanne war ich seit der Schulzeit befreundet.
Inzwischen waren wir erwachsen (zumindest sollte man
es annehmen, mit vierzig), hockten immer noch oft
zusammen und hatten keine Geheimnisse voreinander.
Ich hatte meinen Sohn Jan bei seiner Kur auf Sylt
besucht und rief Susi noch am gleichen Abend an, weil
ich es kaum erwarten konnte, ihr von meinen Erlebnissen
zu erzählen.
Einen tollen Typen, wiederholte ich ihre Frage. *Ja, nur
dass ich das fast zu spät festgestellt habe.*
Jetzt machst du mich aber richtig neugierig, meinte
meine Freundin. *Okay, dann bis gleich.*
Susi war vor zwei Jahren ins Nachbarhaus gezogen, was
unsere Freundschaft natürlich noch enger werden ließ.
Zwanzig Minuten später stand ich mit einer Flasche
Rotwein vor ihrer Tür. Sie hatte sich ein Geschirrtuch

locker in den Hosenbund gesteckt, ich folgte ihr in die Küche.

Hey, das sieht ja lecker aus!

Ich hab uns nur schnell was zum Knabbern gemacht.

Aber nun kann ich es kaum erwarten. Los, erzähle!

Sie wischte sich die Hände am Handtuch ab, warf es achtlos auf den Stuhl und schob mich mit der Hüfte hinüber ins Wohnzimmer. In der Linken balancierte sie eine große Schüssel mit Salat, in der Rechten eine Platte mit belegten Baguettescheiben. Zwei Gläser warteten bereits auf dem Couchtisch.

Ich drehte den Schraubverschluss, bis es knackte, und goss uns ein. Wir ließen uns auf das Sofa fallen, Susi links, ich rechts und drehten uns einander zu, unsere Knie berührten sich leicht. *Nun leg los, wie war das mit dem Typen?,* drängte sie mich.

Es machte mir auf einmal Freude, sie noch ein bisschen hinzuhalten. *Warum interessiert dich das denn so sehr?*

Na, hör mal, du bist eine junge, hübsche Frau mit einem Teenager, der bald nicht mehr bei dir wohnen wird.

Na, hör mal, du bist eine junge, hübsche Frau mit einem Teenager, der bald nicht mehr bei dir wohnen wird.

Also erstens ist Jan erst fünfzehn und zweitens habe ich auch einen Mann, entgegnete ich.

Ja, aber nicht den richtigen.

Sie hob entschuldigend beide Hände. *Du weißt, wie ich über Holger denke. Du musst dich umsehen, Anke, du hast nur dieses eine Leben.*

Ich bin nicht wie du, Susi.

Sollst du ja auch nicht werden.

Ich legte ihr eine Hand auf den Arm. *Ich würde dir wirklich gern erst einmal von meinem Besuch bei Jan erzählen.*

Ja, ist schon gut, ich bin ganz Ohr. Sie schob sich ein Kissen in den Rücken und lehnte sich mit dem Glas Wein in der Hand zurück.

Die Erinnerung tauchte vor meinen Augen auf und ich begann zu erzählen.

*

Anfangs hatte ich wenig Lust auf die Fahrt, aber das konnte ich meinem Sohn nicht antun. Die Reha ist verlängert worden, aus den ursprünglich drei Wochen wurden nun fünf. Und auch wenn Jan gerade dabei war, sich von mir abzunabeln, hatte er bei unserem letzten Telefonat gefragt, ob ich ihn besuchen komme.

Trotzdem kribbelte es unangenehm in meinem Bauch, als ich mich an einem kalten Novembermorgen in den Zug setzte, denn ich war noch nie allein verreist. Wenn wir in Urlaub gefahren sind, dann mit dem Auto und auch eher an die Ostsee, wo das Wasser immer da war.

Ein älteres Ehepaar stieg zu mir ins Abteil und belegte die beiden Fensterplätze, ich bevorzugte den Sitz an der Tür, der mir eine kleine Fluchtmöglichkeit schenkte.

Die Frau stellte eine halb offene Tragetasche neben sich ab, zog den Reißverschluss weiter auf und heraus schaute ein Zwergspitz mit orange-braunem Fell und wachsamen, freundlichen Augen. Er schien nicht das erste Mal auf Reisen zu sein und blieb die Fahrt über ruhig, solange Frauchen ihn kraulte. Ich weiß nicht, ob der Ehemann sich vernachlässigt fühlte, auf jeden Fall meckerte er leise hinter seiner Zeitung vor sich hin, als würde er nur schlechte Nachrichten lesen. Die Frau reagierte nicht darauf.

Vielleicht beruhigt sie sich auch ein bisschen selbst mit dem Kraulen. dachte ich.

Beim nächsten Halt stieg eine junge Frau zu und setzte sich mir gegenüber. Ich zog meine Beine ein. Sie kramte in ihrer Handtasche, holte eine Nagelfeile hervor, wollte die Tasche auf dem Platz in der Mitte ablegen, aber da war ja der Hund, so quetschte sie sie rechts neben sich. Dann breitete sie ein Papiertaschentuch auf ihrem Schoß aus und feilte ihre Nägel. Ich fragte mich zwar warum, verfolgte aber neidvoll das Geschehen. Kurz betrachtete ich meine eigenen. Sie wachsen zu lassen, hielt ich nie durch und knipste sie immer wieder raspelkurz.

Das Feilen der Frau machte mich nervös, sie dagegen schien wie in einer Meditation versunken zu sein. Als sie fertig war, nahm sie das Tuch an den Ecken und faltete es in der Mitte zusammen, so dass die feinen Späne nicht auf ihre Hose fielen, und ließ es zusammen mit der Feile wieder in die Tasche gleiten. Dann holte sie ein Fläschchen schwarzen Nagellack hervor, nahm ein frisches Tuch und lackierte sich die Nägel. Der penetrante Geruch verbreitete sich schnell im Abteil. Die Dame mit Hund schüttelte den Kopf und meinte laut zu ihrem Mann: *Was man sich alles gefallen lassen muss.* Doch der las selenruhig weiter.

Sind Hunde eigentlich im Zug erlaubt?, sagte mein Gegenüber daraufhin mehr zu sich selbst.

Ich beobachtete weiter ihr Tun, aber anscheinend war ihr mein Blick dann doch zu direkt, denn plötzlich fragte sie mich: *Willste auch mal?*

Ich wurde rot. *Entschuldigung.*

Alles gut, meinte sie und machte weiter.

Ich zog mich innerlich zurück und hinter geschlossenen Lidern wusste ich, dass ich mich mit dem Anstarren abgelenkt hatte. Denn nun dachte ich an die bevorstehenden Stunden mit Jan. In letzter Zeit waren wir immer öfter wegen Kleinigkeiten aneinandergeraten. Es passte mir nicht, wie es in seinem Zimmer aussah, wie larifari er mit seinen Schulaufgaben umging, dass er das halbe Wochenende verschlief. Mitunter standen wir beide unter Spannung, die sich entladen musste. Dann redete ich auf Jan ein, und hörte auch dann nicht damit auf, wenn er längst auf Durchzug geschaltet hatte. Er entzog sich mir und ich wollte die frühere Mutter-Sohn-Nähe wiederhaben.

In solchen Situationen vergaß ich alles, was ich an Literatur über die Pubertät gelesen hatte und dass ich es gelassen angehen wollte.

Würden wir uns nachher wieder in die Haare kriegen?

Oder verstehen wir uns fernab von zu Hause besser?

Ich wurde erst aus meinen Gedanken gerissen, als sich das Ehepaar zwischen meinem Gegenüber und mir zum Gang durchquetschte.

Oh, ich muss ja auch raus, stellte ich fest.

Als Erstes begrüßte mich der Wind. Auf dem Bahnhofsvorplatz allerdings fühlte sich das wie eine stürmische Umarmung an. Ich versuchte, mich zu orientieren. Wind hatte ich noch nie gemocht.

Ganz schön stürmisch hier, sagte ich zu dem Taxifahrer. *Ach was, das ist nur eine kleine Brise, min Deern,* versicherte er mir.

Wo ich denn herkäme. *Ach, aus Berlin.* Er lächelte mich im Rückspiegel nachsichtig an. Nach etwa zwanzig Minuten hatten wir die Klinik erreicht. Ohne seine Hilfe hätte ich sie nicht gefunden. Als er mir gegenüber Berliner Verhältnissen einen sehr fairen Preis nannte, gab ich ihm ein großzügiges Trinkgeld.

Und dann stand ich vor verschlossener Tür. Ich suchte nach einer Klingel. Eine junge Frau mit langen, zu einem Pferdeschwanz gebundenen Haaren tauchte hinter mir auf. *Hier,* sagte sie, zeigte auf einen dunklen Knopf, den ich in meiner Aufregung schlichtweg übersehen hatte, und nahm mich mit ins Haus. Sie brachte mich in den Gruppenraum in der dritten Etage, wo ich auf einen Herrn Sanders warten sollte. Kurz darauf tauchte dieser mit meinem Riesen im Schlepptau auf. War er schon wieder gewachsen? Mein Sohn schlurfte auf mich zu, nichts an ihm verriet freudige Erwartung.

Dementsprechend fiel auch die Begrüßung aus, es gab nur ein schlichtes *Hallo*. Mein Mutterherz kannte das schon, auch wenn es sich mehr erhofft hatte.

Wahrscheinlich wollte er auch vor Herrn Sanders zeigen, wie cool er war.

Nun hätte ich mir meinen Sohn am liebsten geschnappt und wäre mit ihm in meine Pension gegangen, doch sein Betreuer benötigte noch eine Unterschrift und hatte mir einiges mitzuteilen. Zum Beispiel, dass mein Sohn nicht genug Shirts mithabe beziehungsweise fast nur in seinem Bayern-München-Trikot rumliefe, das ja schließlich auch mal gewaschen werden müsse. Ja, das liebte er, auch ich musste es ihm meist mühsam entreißen. Außerdem sei Jan undiszipliniert in seiner Diät. Ich war überrascht, das zu hören, denn er war wegen seines Asthmas dort und nicht aufgrund Gewichtsproblemen. Er hatte halt schwere Knochen. Und nicht zuletzt zeige Jan ihm gegenüber nicht den nötigen Respekt. Schließlich sei er das, eine Respektsperson, und als solche mochte er es nicht, wenn man ihn mit *Hey, Alter* ansprach.

Während er redete, hielt mein Sohn den Kopf gesenkt.

Auch ich fühlte mich unwohl. Ich ärgerte mich allerdings nicht über die Vorwürfe, sondern nahm es dem Betreuer übel, denn letztlich war ich nicht für ein Elterngespräch nach Westerland gefahren, sondern um Jan zu besuchen. Und wenn sein Verhalten wirklich so schlimm gewesen wäre, hätte Herr Sanders mich jederzeit anrufen können. Gut erzogen, wie ich aber war, schwieg ich, nickte und war froh, als wir endlich gehen durften.

Meine Pension lag nur etwa fünf Gehminuten entfernt. Die nette Wirtin gab mir den Schlüssel Nummer 7, das Zimmer lag in der ersten Etage mit Blick auf eine Wiese. Während ich auspackte, zappte Jan durch die Fernsehkanäle.

Als wir das Haus verließen, regnete es kalte Fäden, die in konstantem Tempo vom Himmel fielen. Der Schirm, den ich erst nach mehreren Versuchen aufspannen konnte, wurde schnell ein Opfer des Windes. Blöderweise hatte ich in der Hektik meine Mütze zu Hause liegengelassen, also zog ich die Kapuze so tief es ging ins Gesicht, musste sie aber mit einer Hand festhalten, sonst wäre sie mir vom Kopf geweht. Es dauerte nicht lange, da waren

unsere Jeans dunkel vor Nässe. Frierend dachte ich nur:
Ich hasse Regen und Wind.

Wir steuerten ein Café an, um uns aufzuwärmen. *Moin,*
wurden wir begrüßt, obwohl es bereits früher Nachmittag
war. Mein Großstadthirn brauchte einen Moment, um zu
realisieren, stimmt, wir sind im Norden.

Das Wetter trieb immer mehr Gäste herein, wir hatten
einen Zweiertisch in der Ecke bekommen. Auf den
Tischen standen kleine blaue Vasen mit gelben
Chrysanthemen, und auf unserem kurz darauf auch zwei
heiße Getränke.

Ich legte meine Hände um den Becher mit Kaffee und
spürte, wie ich mich langsam entspannte. Und nicht nur
ich. Jan taute auf, erzählte vom Klinikalltag, wie er sich
mit den Mitbewohnern auf Zeit verstand, von
Spaziergängen am Strand oder im Watt, die er besonders
mochte. So viel redete er sonst nie, er bekam sogar rosige
Wangen. Ich war einfach nur glücklich, ihm zuhören zu
können und sah ihn liebevoll an.

Die Stunden flossen dahin wie der Regen vor den
Fenstern.

Wir zahlten und Jan half mir sogar in die Jacke. *Mein großes pubertierendes Kind*, dachte ich zärtlich.

Zum Abendessen sollte er sich wieder bei der Respektsperson einfinden, vorher wollte er mir aber noch unbedingt das Meer zeigen. Die Dämmerung war bereits weit fortgeschritten. Ich hatte den Orientierungssinn verloren. Der Regen schwappte mir ins Gesicht, ich senkte den Kopf und wünschte mich ins warme Café zurück. Da nahm mein Sohn mich bei der Hand und von dem Moment an war ich nicht mehr Mutter, nicht mehr die Starke, sondern fühlte mich auf Augenhöhe mit dem jungen Mann an meiner Seite. Er war das Laufen am Strand gewohnt, ich aber stolperte mühsam vorwärts, bei jedem Schritt sank ich ein. Windböen zerrten an meiner Kapuze, resigniert ließ ich sie flattern. Die kalte Luft biss mir in den Ohren.

Der Himmel war fast schwarz und mit dem Meer zu einer undurchdringlichen Masse verschmolzen. Ich musste stehen bleiben, wie gebannt sah ich dem Schauspiel zu. Riesige schäumende Wellen schossen auf mich zu wie ein heulendes Ungeheuer, das gierig versuchte, mich zu fangen. Grollend zog es sich wieder zurück, weil ihm das nicht gelang, um es erneut zu versuchen, immer und immer wieder. Dazu peitschte der Regen sein eisiges Wasser gegen mich, aber ich nahm es kaum wahr. Ich stand bis zum Rand meiner Stiefel eingesunken im Sand, nass, die Hände klamm, und konnte meinen Blick nicht lösen. Es war atemberaubend im wahrsten Sinne des Wortes.

Ich, die keinen Regen, keinen Wind mochte, stand nun wie hypnotisiert in der Finsternis am Strand. Ich fühlte mich ausgeliefert und doch behütet, unfähig, mich zu bewegen, wurde eins mit allem, eins mit meinem Sohn. Ich fühlte mich leicht, als würde mich eine Welle emporheben, und hatte jegliches Gefühl von Zeit verloren.

Komm, wir müssen, sagte mein Sohn.

Doch ich wollte noch nicht, das Meer zog mich magisch
an. Nicht denken, nicht an den nahenden kleinen
Abschied, an morgen, nicht an die nächsten Tage. Nicht
darüber grübeln, ob diese neue Nähe auch im Alltag
bleiben würde. Nicht denken, nur fühlen.

Jan zog mich zur Düne hoch, ich drehte mich immer
wieder um, wollte den Anblick festhalten, in die Seele
einpacken, um ihn mit nach Hause zu nehmen.

*

Ich hatte ohne Pause erzählt, mir klebte die Zunge am Gaumen. Der Wein war inzwischen warm geworden. Ich griff nach den Schnittchen, die Susi übriggelassen hatte.

Klingt ja alles sehr nett, was du mir da erzählst, meinte Susi und gähnte. *Nun weiß ich, wer bei dir mit im Zugabteil saß und wie du mit Regen und Wind klargekommen bist. Doch wann taucht denn nun der tolle Typ auf? Los, erzähl weiter, ich hab noch eine Flasche Wein im Kühlschrank. Was geschah sonst noch an diesem Abend?*

Sie ging in die Küche und holte die zweite Flasche.

An diesem Abend? Nicht mehr viel, sagte ich.

Mit einer halben Stunde Verspätung hatten wir die Klinik erreicht. Während wir auf den Betreuer warteten, schien Jan wieder in seine alte Rolle geschlüpft zu sein. Nur keine Zärtlichkeiten in der Öffentlichkeit. Ein knappes *Bis morgen*, dann war er verschwunden.

In meiner Pension legte ich mich erst mal trocken. Ich war nass bis auf die Unterwäsche! In einer Nische meines Zimmers stand ein kleiner, zusammengeklappter Wäscheständer, auf dem ich meine Klamotten verteilte. Dann schob ich ihn vor die Heizung, duschte lange und sehr heiß und schlüpfte ins Bett, die Daunendecke bis unter das Kinn gezogen. Ich rief kurz bei Holger zu Hause an und wollte dann nur noch ein wenig fernsehen. Doch daraus wurde nichts.

Warum?, fragte Susi nach. *Weil ein Mann an deine Tür klopfte und dich zum Abendessen einlud?*

Ach, Susi, du hast zu viele Rosamunde-Pilcher-Filme gesehen. Nein, weil ich eingeschlafen bin. Tief und fest und auf der Stelle. Als ich gegen Mitternacht aufs Klo musste, habe ich den Fernseher ausgeschaltet.

*

Der nächste Tag. Meine Sachen waren noch klamm. Ich wagte einen vorsichtigen Blick aus dem Fenster- wahrhaftig, es regnete nicht mehr. Im Gegenteil, es sah sogar aus, als würde sich die Sonne heute noch zeigen. Im Frühstücksraum blieb ich der einzige Gast. Ich hatte mich ans Fenster gesetzt, auf dem Tisch brannte eine Kerze, und ich genoss das Alleinsein. Nach dem Essen blieb ich noch ein paar Minuten sitzen und ließ meine Gedanken zum gestrigen Abend schweifen und dem heutigen Abschied.

Doch bevor ich den Weg zur Klinik einschlug, entschied ich mich intuitiv, allein zum Strand zu gehen. Ohne Regen und im ersten zarten Sonnenschein lag der Weg wie gemalt vor mir. Dann stand ich vor dem Meer und war enttäuscht. Flach, still und langweilig lag es da. Kein Wassergott, der nach mir griff. Das Meer bereitete sich auf die Ebbe vor.

Wieder einmal wurde mir bewusst, dass man nicht versuchen sollte, ein besonders schönes Erlebnis exakt so wiederholen zu wollen, denn das scheiterte immer.

Ich atmete tief ein und spürte die salzige Luft auf meinen Lippen. Entgegen meinem ersten Impuls blieb ich länger dort stehen, und so, wie sich das Wasser zurückzog, zogen sich auch meine Gedanken zurück. Es blieb ein Gefühl von Leichtigkeit. Das nahm ich mit zu Jan, der bereits auf mich wartete.

Uns würden noch ein gemeinsamer Vormittag und ein Mittagessen bleiben, dann fuhr mein Zug wieder zurück. Wir bummelten durch romantische Gassen, ließen uns in den einen oder anderen kleinen Laden spülen, gaben ein bisschen Geld aus, und gingen ein letztes Mal zusammen an den Strand.

Das Wasser hatte bald seinen niedrigsten Stand erreicht, der zurückgebliebene Boden legte kleine Sandhügel frei, als hätte ein Maulwurf dort angefangen zu graben.

In einer kleinen Kneipe aßen wir zu Mittag, saßen auf blanken Holzbänken unter Fischernetzen. Der Kapitän brachte die Speisekarte, der Smutje das Essen. Zwischen Jan und mir herrschte angenehmes Schweigen, eine verbindende Stille, durchbrochen von einem Lächeln oder einer Berührung. Auch wenn wir wussten, dass uns dort nicht mehr viel Zeit blieb, so fühlte es sich dennoch nicht schwer an.

Hat mein Sohn sich verändert oder habe ich meinen Blick auf ihn verändert? Oder habe ich mich verändert?

Grüble nicht so viel, sagte ich mir, *genieße den Augenblick.*

Zur vereinbarten Zeit lieferte ich Jan in der Klinik ab und war nervös. Wie würden wir uns verabschieden? Etwas ungelenk standen wir uns gegenüber. Herr Sanders hatte frei, heute nahm ihn eine junge Frau in Empfang. Sie ließ uns noch mal für einen Moment allein, wofür ich ihr sehr dankbar war. Ich wollte Jan so gern umarmen, hielt mich aber zurück und sagte stattdessen: *Hast es ja bald geschafft.*

Jo, antwortete er und *danke noch mal.* Dann ging er aus dem Raum. Ich blieb stehen und sah ihm nach. Plötzlich drehte er sich um, kam mit großen Schritten auf mich zu und wir fielen uns in die Arme. *Danke,* flüsterte ich in seine Haare hinein.

Bis zur Abfahrt des Zuges blieb mir noch über eine Stunde. Nachdem ich den Bahnsteig mehrmals in jede Richtung abgeschritten hatte, entschied ich mich, das kleine Selbstbedienungsrestaurant zu betreten. Mir war nach einem Glas Wein, was mich überraschte. Wäre ich früher allein in ein Restaurant gegangen? Zumindest hätte ich mich dabei unwohl gefühlt. Wäre ich allein mit dem Zug an einen unbekannten Ort gefahren? Ich war schon immer sehr vorsichtig, ängstlich eher, auch wenn ich meist nicht benennen konnte, wovor ich mich eigentlich fürchtete.

Es war nie nötig gewesen, das zu ändern, solange es jemanden gab, der mich an die Hand nahm und es mir so leicht machte. Damals waren es die Eltern gewesen, jetzt der Lebensgefährte.

Der Wein hatte mich schläfrig gemacht. Als der Zug einfuhr, schlich ich träge zu meinem Waggon. Doch ehe ich einstieg, drehte ich mich noch einmal um, als wollte ich mir anschauen, was ich zurückließ.

*

Wie meinst du das?, fragte Susanne.

Ich brauchte selbst einige Zeit, um mir darüber klar zu werden.

Du kennst mich, ich war nie wirklich fürs Reisen, bin eher unselbständig. Doch nach diesem Besuch verspürte ich Lust, zu reisen. Vielleicht sogar allein oder mit Jan.

Als hätte mich diese kurze Zeit dort stärker gemacht.

Auf jeden Fall will ich ab sofort nicht mehr über das

Wetter meckern. Regen und Wind werden mich nun

immer an diesen Abend am Meer erinnern.

Na toll, meinte Susanne, *nun sitzt du bereits im Zug und*

von einem Mann hast du noch immer nichts erzählt. Den

gab es wohl doch nicht, was?

Doch, Susi, den gab und gibt es. Aber er ist noch sehr

jung und auch wenn ich ihn sehr liebe, wird er nie mein

Mann werden, erklärte ich ernst.

Du sprichst in Rätseln. Solche Denkaufgaben schafft

mein Kopf heute nicht mehr, sieh mal auf die Uhr!

Oh weh! Ich hatte gar nicht bemerkt, wie die Zeit

vergangen war.

Willst du hier schlafen?, fragte Susanne. *Haben wir*

lange nicht gemacht.

Nein, ich gehe wieder zu Holger rüber.

Okay, dann löse es jetzt aber bitte auf, meinte Susanne

mit vor Müdigkeit schweren Augenlidern.

Also gut. Dieser tolle Typ, den du mir ja eingeredet hast,

ist kein anderer als mein Sohn Jan.

Ich lachte. *Jetzt müsstest du mal dein Gesicht sehen,*
Susi!
Ich habe mich ihm dort so nahe gefühlt, ihn von einer
ganz anderen Seite kennengelernt...

Ich schwieg. Dann gab ich Susanne ein gefaltetes Blatt
Papier.
Was ist das?, fragte sie.
Auf der Rückfahrt habe ich meine Gedanken und Gefühle
aufgeschrieben. Das ist daraus entstanden.
Die letzten Zeilen las Susanne laut vor.

Seitdem
ist nichts mehr, wie es war.
Seitdem
trage ich dieses Bild
ganz fest in mir.
Seitdem
zaubert die Erinnerung
ein Lächeln auf meine Lippen.
Seitdem
liebe ich dich noch mehr.

Willst du ihm das zeigen?, fragte sie mich.

Ja, ich überlege, es ihm zu schicken.

Meinst du nicht, dass du Jan damit überforderst? Er ist nicht dein Partner, er ist dein Sohn! Susanne war skeptisch.

Plötzlich überkam mich eine große Erschöpfung. Ich war enttäuscht, dass sie mich nicht zu verstehen schien, war aber zu müde, um darüber zu diskutieren.

*

Inzwischen rotierte ich längst wieder im Alltag. In einer Woche wird Jan nach Hause kommen.

Seit dem Abend bei Susi dachte ich über die letzte Zeile des Gedichtes nach und hatte es Jan auch nicht geschickt. Ich grub in meinem Unterbewusstsein und träumte sogar nachts davon. Hatte sie vielleicht doch recht?

Eines Morgens war die Antwort plötzlich da, und ich wusste, was sich eigentlich oder zusätzlich hinter diesem Satz verbarg, was dort auch stehen könnte, stehen müsste:

Seitdem liebe ich mich.

Ich zuckte zusammen, weil das so gewaltig klang. Aber ja, in dem Maße, wie ich meinen Sohn neu entdeckte, nachdem ich die Rolle der gluckenhaften, zweifelnden Mutter verlassen hatte, kam die Liebe wieder hervor.

Und noch eines hatte sich verändert. Zum ersten Mal, seit ich eine Familie hatte, übernachtete ich allein an einem fremden Ort. Auch vorher war ich nie gern von zu Hause weg gewesen, das Heimweh machte mir immer zu schaffen, als Kind bekam ich sogar Fieber davon.

Dort aber hatte ich das Alleinsein im Zimmer und am Strand genossen. Gut, ich wusste, dass Jan in der Nähe war. Hätte es sich sonst anders angefühlt?

Ich habe Lust, das herauszufinden.

Sie sind früh dran

Sie hätte wissen müssen, dass es bei einem Bestatter
bergab geht.

*Na, wenn man hier nicht aufpasst, haben Sie gleich den
nächsten Kunden,* sagt sie, und stolpert, sich gerade noch
abfangend, die drei Stufen hinunter in den Vorraum.
Gebrochen ist nichts, außer vielleicht das Eis. Ein kleiner
Scherz macht jede Vertragsabstimmung angenehmer,
besonders diese.

Sie lächelt verlegen, der Mann am Empfang freundlich.
Er legt eine Hand auf die Muschel des Telefonhörers und
deutet ihr mit der anderen an, doch bitte nebenan auf ihn
zu warten.

Zeit hat sie und findet es angenehm, sich erst mal
sammeln zu können und die Atmosphäre auf sich wirken
zu lassen.

Mildes Licht schwebt im Raum wie ein weiches
orangenes Tuch. Die Stille überrascht sie. Als würde das
Institut nicht an einer der belebtesten Straßen Berlins
liegen. Wohlwollend lässt sie sich von der Ruhe
umarmen, nur ein kleines Brummen nimmt sie wahr.

Eine gerahmte Zeichnung zieht ihren Blick auf sich.
Zuerst glaubt sie, einen Engel zu erkennen, aber es ist
eine Frau. Um die Hüften nur mit einem Tuch bekleidet,
zeigt sie dem Betrachter den Rücken. Die Hände hat sie
vor das Gesicht geschlagen. Sie lehnt an einem Baum, ihr
Kopf schmiegt sich in einen Hohlraum, als hätte der
Stamm sich für sie geöffnet. Das lange Haar fließt ihr
über die rechte Schulter.

Fasziniert betrachtet sie die sparsamen Striche und
verwischten Linien, die trotz ihrer Schlichtheit zu
leuchten scheinen. Vielleicht auch, weil unter dem Bild
eine Kerze brennt.

Das Regal daneben präsentiert eine Auswahl an Urnen. Schlichte, bunte, mit und ohne Goldrand. Irgendwo hatte sie gelesen, dass eine Metallurne bis zu 200 Jahre hält. Ein riesiges Aquarium wirft sein gelbes Licht auf die dunkelgrüne Auslegware. *Das sind sicher mehr als fünfhundert Liter*, aber sie ist nicht gut im Schätzen. Die leichte Strömung bewegt die Blätter der Pflanzen, das Brummen kommt von der Pumpe.

Beim Betrachten der Fische wird sie ruhiger, was sie überrascht.

Ich war doch gar nicht aufgeregt, denkt sie.

Farbenfrohes, schwimmendes Sein.

Das Lebende und der Tod, war das bewusst gewählt?

Sollte es die Trauernden besänftigen? Würden sie es in ihrem Kummer überhaupt wahrnehmen? Oder mag der Bestatter einfach nur Fische, so als Pendant zu seinem Job?

Der Mann hat sein Telefonat beendet.

Sie sind früh dran, sagt er, und gibt ihr die Hand.

Wieso?

Sie sieht auf ihre Uhr.

Wir waren doch um zehn verabredet?

Ja, ja, das ist korrekt, ich meine nur, dass sich die Menschen normalerweise erst in ihren späteren Jahren damit befassen oder manchmal auch gar nicht. Dann habe ich hier völlig unvorbereitete Angehörige vor mir sitzen.

Möchten Sie etwas trinken?

Er überreicht ihr feierlich eine umfangreiche schwarze Ledermappe.

Sie können gern schon mal reinschauen, ich hole den Kaffee.

Oberflächlich und mit gemischten Gefühlen blättert sie die laminierten Seiten um. Glänzende Bilder von bepflanzten Grabstellen und lichtdurchfluteten, parkähnlichen Friedhöfen wetteifern um ihre Gunst.

Fotos von Möglichkeiten. Ja, noch kann sie wählen.

Das Bild einer Birke lässt sie innehalten. Sie liebt diese Bäume mit den hellen Stämmen und muss sofort an das Gemälde denken, welches früher über dem Sofa ihrer Oma hing und heute im Schlafzimmer ihrer Mutter. Das saftig grüne Birkenwäldchen mit dem sich schlängelnden Weg, auf dem sie als Kind mit dem Finger spazieren gehen durfte.

Sie hat vor einigen Jahren selbst mit dem Malen angefangen. Ihre Birken sind weiß-schwarze Abstraktionen, als würde sie die Farben scheuen.

Kurz fühlt sich der Gedanke verlockend an, später unter einer Birke zu liegen. Jedes Frühjahr jucken ihr so sehr die Augen von den Pollen. Die würden ihr dann endlich nichts mehr anhaben können.

Aber nein.

Nein war überhaupt die häufigste Antwort auf die Fragen des Mannes in dieser knappen Stunde, denn sie wollte keine Rede, keinen besonderen Schmuck, keine Trauerfeier. In erster Linie wegen der Kosten, aber auch, weil sie nie gern im Mittelpunkt steht. Sie schmunzelt in sich hinein. *So viel Aufwand passt einfach nicht zu mir.*

Auch keine Musik?

Auf einer der letzten Beisetzungen hat ein Cellist gespielt, das war sehr feierlich gewesen, erzählt er.

Sie schweigt, denkt an den Musiker aus dem Gewandhausorchester, dem sie bei den öffentlichen Proben so gern lauscht. Der Klang eines Cellos lässt sie zerfließen.

Der Mann wartet auf ihre Antwort.

Sie schüttelt den Kopf. *Ach Quatsch, das höre ich ja eh nicht mehr,* denkt sie.

Gut, dann gehe ich mit Ihnen noch mal die einzelnen Punkte durch.

Sie haben sich für eine Feuerbestattung auf dem Friedhof Ahrensfelde entschieden und die schwarze Urne mit Engel gewählt. Wir sind die weiteren Optionen alle durchgegangen und Sie wünschen keinerlei zusätzliche Leistungen. Weiterhin unterzeichnen Sie, dass Sie Ihre Sterbegeldversicherung an uns abtreten.

Wollen Sie es noch mal überprüfen? Er schiebt ihr den Bestattungsvertrag rüber.

Während sie ihn überfliegt, sagt sie, ohne ihn anzusehen: *Es ist ein gutes Gefühl, alles geregelt zu wissen. Meine Mutter hat das auch schon längst gemacht. Ich meine, der Tod gehört doch zum Leben dazu?*

Sie unterschreibt, er nickt. Ob als Antwort auf ihren letzten Satz, der unbeabsichtigt wie eine Frage geklungen hat, oder weil sie nun fertig waren, kann sie nicht sagen.

Den wievielten haben wir heute?

12. Februar sagt er und erhebt sich.

Dann gebe ich jetzt die Daten in den Computer ein, das dauert einen Moment.

Wieder allein in dem Raum unterhalb der Erdoberfläche wartet sie vergeblich auf das Gefühl der Erleichterung.

Das gedämpfte Licht und die Stille fühlen sich anders an als zu Beginn. Plötzlich atmet sie schwer. Ein dunkles Knäuel liegt in ihrem Magen. Die Minuten vergehen nicht.

Sie sieht ihre erwachsenen Kinder hier sitzen, über den Todesfall sprechen, keinen Blick übrig für das Bild, die Kerzen und die Fische. Sie hört den Schmerz in ihren Stimmen. Oder Erleichterung, weil sie am Ende krank war und der Leidensweg endlich ein Ende gefunden hat? Zum Glück weiß das niemand vorher.

Vielleicht werden sie auch einfach nur dankbar sein für die Zeit, die sie zusammen hatten.

Dankbar, ja, das wäre schön, denkt sie.

Sie blickt zu den Souterrain-Fenstern, vor denen Füße und Beine wie in einem Stummfilm vorbeieilen. Der Lärm bleibt ausgeschlossen. Zwei gegensätzliche Welten, Stillstand im Halbdunkel hier, Sonnenlicht und farbige Sneaker auf der anderen Seite.

Ob sie noch auf die Toilette gehen dürfe.

Er deutet auf eine Tür hinter ihrem Rücken, die sie bisher nicht bemerkt hat. *Den Gang bis ans Ende, dann links.*

Als sie sich an dem kleinen Waschbecken die Hände wäscht, überlegt sie, ob es hier auch einen Kühlraum gibt, und sich gerade Leichen darin befinden, traut sich aber nicht, ihn das zu fragen.

Sie hat noch nie eine Leiche gesehen. Er seine erste schon mit zehn, hat er erzählt. Er ist im Geschäft seines Vaters großgeworden, welches er vor drei Jahren übernommen hat.

Der Bestatter übergibt ihr die Durchschläge der unterzeichneten Vereinbarungen, sie faltet sie einmal in der Mitte, damit sie in ihren Rucksack passen.

Auf Wiedersehen oder nun ja, wahrscheinlich eher nicht, sagt sie. Diesmal achtet sie auf die Stufen.

Sobald sie die Tür zur Straße öffnet, erwischt sie das lärmende, schrille, grelle Leben wie eine tosende Sturmböe.

Sie fühlt sich benommen, sucht nach ihrem sicheren Gang.

An der nächsten Ecke läuft sie fast in ein Auto. *So ja nun nicht,* denkt sie, *nur weil die Beerdigung geregelt ist. Ein bisschen will ich schon noch leben.*

Sie eilt weiter. Die Ampel vor dem S-Bahnhof steht auf Rot. Während sie mit der Menschentraube wartet, nimmt sie aus den Augenwinkeln einen Engel wahr. Wahrhaftig, dort steht ein Engel mit riesigen weißen Flügeln.

Sie kneift die Augen zusammen, lächelt, es wird grün, sie wechseln die Straßenseite. Der Engel verschwindet zwischen den Passanten.

Stimmt, heute ist Rosenmontag, geht es ihr durch den Kopf.

Doch Fasching hin oder her, es ist kein Clown, keine Tänzerin, kein Feuerwehrmann, sondern ein Engel gewesen.

Und für sie war es ein Zeichen.

Die roten Socken

Ich habe meine Mutter umgebracht. Damit muss ich jetzt leben.

Ich habe noch ein Foto von ihr gemacht, aber nur von ihren Füßen.

Die Nächte, in denen ich aufschreckte und schlaflos blieb, hörten nicht auf. Oft saß ich dann am Küchentisch, versuchte, mich mit Zeichnen abzulenken und dachte laut nach.

Manchmal träumte ich sogar von ihren Füßen. Als hätte ein Fotograf sie für ein Shooting angerichtet, lugten sie unter der Bettdecke hervor. Die Zehen schoben sich unter der Griffleiste mit dem Namensschild hindurch. Sie trug rote Antirutsch-Krankenhaussocken, doppelt beschichtet mit weißen Strichen, die ich ihr übergestülpt hatte. Die kalten Füße hatte sie von der Intensivstation mitgebracht. Ihre letzte WhatsApp-Nachricht lautete: *Ich melde mich, wenn ich vom Zahnarzt zurück bin.* Zu beidem ist es nie gekommen.

*

Meine Mutter war im Treppenhaus gestürzt und mit dem Kopf auf eine Stufe gefallen. Ein Nachbar hatte den Krankenwagen gerufen. Ich erfuhr erst Stunden später von dem Unfall, als sie mich von der Notaufnahme aus anrief. *Alles gut,* beruhigte sie mich.

Nachts um drei erneut ein Anruf. Die Intensivstation. Es gab eine Blutung im Gehirn, die sich ausbreitete und auf das Gewebe drückte. *Hat Ihre Mutter eine Patientenverfügung?*

Seitdem zuckte ich selbst am Tage jedes Mal zusammen, wenn das Telefon klingelte.

Innerlich verfluchte ich den Blutverdünner, den sie seit Jahren nahm. Ohne den wären die Folgen des Sturzes möglicherweise nur leicht gewesen. Aber ich war kein Mediziner und meine Mutter ihrem Kardiologen treu ergeben.

Mit flattrigen Händen suchte ich in meinen Ordnern, wusste, sie hatte etwas aufgesetzt, sogar notariell beglaubigt. Verdammt, wo war die Verfügung nur? Ich fand lediglich eine Vorsorgevollmacht und meinen

Bestattungsvertrag, den ich vor einem Jahr abgeschlossen hatte. Am Morgen rief ich den Anwalt an.

Als ich das Zimmer auf der Intensivstation betrat, sah ich zuerst einen nackten kräftigen Männeroberschenkel auf einem Laken. Verlegen suchten meine Augen einen neutralen Punkt.
Zwei Betten, nur mit einem Vorhang abgeteilt. Sie hatte das am Fenster. *Wird ihr ziemlich egal sein*, dachte ich.
Die Messgeräte summten und piepten in unterschiedlichen Abständen. Der Mann stöhnte, wollte sich immer wieder aufsetzen und schrie dabei Worte in einer fremden Sprache.
Wie soll man dabei gesund werden, fragte ich mich.
Weil meine Mutter sich hin und her gewälzt und dabei mehrfach die Kanüle vom Tropf rauszogen hatte, war sie fixiert worden. Den Anblick ertrug ich kaum. Zögernd griff ich nach ihrer Hand, sagte etwas zu ihr, sie reagierte nicht. Ich musste mich setzen.
Bloß nicht schlappmachen, dachte ich und meinte wohl uns beide.

Sie können ihr ruhig etwas zu trinken geben, sprach mich
der Pfleger an, und reichte mir eine Schnabeltasse. *Die
Sauerstoffmaske können Sie einfach abnehmen.*

Unsicher, als befürchtete ich, dass allein meine Worte sie
noch mehr verletzen könnten, fragte ich meine blasse
Mutter: *Möchtest du etwas trinken?*

Das ist die falsche Frage, wies mich der Pfleger
freundlich zurecht. *Einfach ranhalten!*

Ich friemelte am grünen Gummiband und löste
ungeschickt die Maske. Zaghaft setzte ich das Mundstück
an ihre Lippen. Die andere Hand schob ich unter ihren
Kopf. Überraschenderweise half sie mir und hob ihn
einige Zentimeter an. Ich neigte die Tasse zu schnell, ein
paar Tropfen landeten im Ausschnitt ihres Nachthemdes.
Sie merkte es und griff mit den Fingern an die nasse
Stelle. Das war leider ihre einzige Reaktion, sie hatte
nicht einmal die Augen geöffnet.

Entschuldige bitte, Mama.

Unerwartet besserte sich ihr Zustand, die Blutung
schwoll zumindest nicht weiter an. Man verlegte sie auf
die neurologische Station, ich schöpfte Hoffnung. Nun

hatte sie ein Einzelzimmer mit einer Tür. Ein bisschen Privatsphäre für uns beide.

Der Arzt bat mich um ein Gespräch. Sie habe zwar einmal auf ihren Namen reagiert und ihn angesehen, sei aber gleich wieder weggedämmert. *Gegenwärtig kann niemand abschätzen, wie sich ihre Vigilanzminderung, entwickeln wird.*

Er bemerkte meinen fragenden Blick.

Im besten Fall geht es in eine Somnolenz über, das heißt, sie wird wach und bleibt es, solange man mit ihr spricht.

Und im schlechtesten?, fragte ich nach.

Komatöser Zustand, künstliche Ernährung.

Was danach kommen würde, wollte ich nicht hören.

Aber eines müssen Sie wissen, fügte er hinzu. *Auch wenn sie wieder vollständig zu Bewusstsein kommen sollte, bleibende neurologische Schäden wird sie auf jeden Fall haben.*

Meine Mutter im Rollstuhl, mit leerem Blick, der seine Liebsten vielleicht nicht mehr erkennt, und nur noch auf Hilfe angewiesen? Das wäre unerträglich für sie, darüber haben wir schon damals gesprochen, als meine Oma im Pflegeheim lag.

Ich dehnte meinen Besuch aus, streichelte ihre Hände, die Schulter, die Wangen und sagte mit leiser Stimme wie ein Mantra: *Alles gut.* Dabei zog ich das A so lang wie eine halbe Note. *Alles gut, lass los, deine Mama wartet schon auf dich.* Ich verstellte sogar die Stimme, als würde meine Oma sie zu sich rufen: *Komm, mein Kind, komm!*

Sacht legte ich meine Hand auf die Mitte ihrer Brust und spürte, wie meine warme Energie in ihr Herz strömte. Ich wollte mich am liebsten noch enger an sie schmiegen, mich einkuscheln wie ein Kind, tat es aber nicht.

Ich wollte sie behalten. Ich wollte sie gehen lassen.

Auf einmal streckte sie beide Arme nach oben aus, führte die Hände zusammen und verschränkte die Finger ineinander. Vielleicht erinnerte sich ihr Körper an den Moment, wo sie sich das Akkordeon umschnallte. Sie hatte so gerne gespielt. *Vermisste sie ihre Musik?,* schoss es mir durch den Kopf.

Als hätte sie schwere Gewichte gehoben, fielen ihre Arme schlaff auf ihren Bauch. Ich wartete einen Moment, dann setzte ich mein Mantra fort, ohne zu wissen, ob sie mich überhaupt hörte.

Endlich lag die Patientenverfügung vor. Keine künstliche Beatmung, keine Magensonde oder andere lebensverlängernde Maßnahmen! Ihre Entscheidung. Trotzdem wirkte der Arzt unsicher. Ich war es auch. *Schickten wir sie damit in den Tod?*

*

Redest du wieder mit dir selbst?
Mein Mitbewohner Andreas steht plötzlich in der Küchentür und knetet verschlafen seine rotblonden Haare.
So laut war ich gar nicht, meine ich.
Darum geht es doch nicht. Aber dass du seit Wochen mit diesem Phantom redest, das macht mir Angst.
Mit dem Kinn deutet er auf das gerahmte Foto neben dem Fenster. Michael, mein Seelenfreund. Er war lange vor meiner Mutter gegangen. Ohne Sturz. Freiwillig. Unfreiwillig, weil ihn die Depression nach seiner letzten manischen Phase nicht mehr losgelassen hat. Selbst ich konnte ihn nicht mehr erreichen. Damals platzte mein Airbag, mit dem Tod meiner Mutter fehlte der zweite.

Er ist kein Phantom und es tut mir halt gut. Ich klinge, als wollte ich mich rechtfertigen.

Aber das ist doch nicht normal! Ich habe dir damals schon gesagt, du kommst mit deiner Trauer nicht klar. Seine Worte senden einen kalten Windhauch zu mir, ich ziehe die Schultern hoch.

Ach, ist eh zu spät, kommentiert er. Noch eine Kältewelle.

Zu spät findest du? Es ist zu früh, viel zu früh! Ich sage das schroffer, als ich will.

Micha versteht mich! Hätte mich verstanden, füge ich schnell hinzu.

Andreas atmet laut aus, bläst die Wangen auf, bläst sich auf. *Du brauchst echt Hilfe!*, sagt er und nimmt sich ein Bier aus dem Kühlschrank.

Oder du. Ich zeige auf die Flasche in seiner Hand. *Man soll mit dem weitermachen, mit dem man abends aufgehört hat, oder?* Der Verschluss klickt, dann trinkt er zügig.

Was machst du da eigentlich?, fragt er mich.

Ich versuche, diese Scheiß-Birken zu malen. Aber ich kriege es einfach nicht hin!

Grob zeichne ich ein paar wilde Striche auf das Papier. Der Kohlestift bricht. An der Wand lehnt die Vorlage, das Bild, welches einst bei meiner Oma über dem Sofa hing, und das ich nun in zweiter Generation geerbt habe.

Liegt vielleicht daran, dass du keine Farben nimmst,
sinniert er.

Schlaumeier, zische ich. *Mit den Farben würde alles
wieder von vorne anfangen. Ich bin noch nicht so weit.
Die Tür ist erst mal verschlossen.*

Ich spüre seinen Blick in meinem Rücken. *Puh, das ist
mir zu esoterisch. Ich hau mich wieder hin.*

Er stellt die leere Flasche neben die Spüle und berührt
mich kurz an der Schulter, was sich aber eher wie ein
versehentliches Anrempeln anfühlt. An der Tür dreht er
sich noch einmal um.

*Und ziehe endlich diese verdammten roten Socken aus!
Da muss man ja meschugge werden.*

Der Riss im Kummer

Die Abschiedsszene.

Kamera auf Totale. Die Frau und der Mann umarmen sich. Neben ihm steht eine gepackte Reisetasche.

Close up auf den Mann, die Stimme aus dem Off spricht seine Gedanken: *Es ist ja nur für vier Wochen. Tut uns beiden vielleicht gut, sie hat ja ihre Probleme. Da wird ihr etwas Zeit für sich helfen. Und ich freue mich auf den Lehrgang.*

Die Kamera schwenkt um, mit Weichzeichner auf ihr Gesicht, ihre Off-Stimme erklingt: *Werde ich mich eines Tages an diesen Moment erinnern als den Anfang vom Ende? Es fühlt sich so an. Die letzten Wochen waren anstrengend.*

Sie lösen sich voneinander. Kamera groß auf ihn, er sagt zu ihr: *Pass auf dich auf.* Nimmt die Tasche, verlässt die Wohnung, sie schließt die Tür hinter ihm.

Klappe.

*

Yvonne reißt den einspaltigen Beitrag aus dem Wochenblatt und legt ihn zu dem Sammelsurium aus losen Seiten, Notizen und Zeitungsausschnitten, das sich auf ihrem Schreibtisch zu einem kleinen Stapel gemausert hat.

Irgendwann werde ich ihn abarbeiten, denkt sie. Aber meist nimmt sie sich spontan zwei oder drei der Fundstücke, liest, und fragt sich mitunter, warum sie sie aufgehoben hat.

Einmal im Monat bringt ihre Nachbarin Nachschub. Yvonne sortiert nach Bauchgefühl aus, die dicken Wochenendausgaben sammelt sie unter dem Küchentisch, daraus ließe sich vielleicht was machen.

Den Rest bringt sie zum Papiercontainer.

Dass sie inzwischen ausreichend hat, traut sie sich nicht zu sagen, denn sie glaubt, dass es der alten Dame guttut, ihr diese Freude zu machen.

Andreas wird in drei Wochen wiederkommen.

Yvonne könnte auch sagen, sie ist seit einer Woche allein. Nicht erst seitdem schlagen ihre Gefühle Haken oder überfallen sie wie Trolle aus dem Hinterhalt. Erst streuen sie ihr den falschen Sand der Hoffnung in die

Augen, von dem sie ganz verletzlich wird, und in der nächsten Minute haken sie sie unter und drehen sich lachend mit ihr im Kreis. Weil ihr davon ganz schwindlig wurde, hat Yvonne alle Gefühle zwischen den Zeitungen unter dem Küchentisch verschwinden lassen.
Vielleicht könnte sie später was draus machen.

Es ist Sonntag, Yvonne skizziert unkonzentriert eine Bildidee.

Die Haare kleben ihr an der Stirn und im Nacken, der Ventilator hat Freitagabend seinen Geist aufgegeben. Die Luft ist so feucht wie in einem Tropenhaus.
Sie öffnet sämtliche Fenster in der Wohnung.
Wahrscheinlich werde ich mir wieder einen Schnupfen holen, aber anders halte ich die Hitze nicht aus, denkt sie. Noch bevor sie etwas davorstellen kann, knallt die Schlafzimmertür zu. Der Durchzug hat ein paar Zettel vom Schreibtisch gefegt.
So gerät ihr der Artikel erneut zwischen die Finger.
Kunstmeile sucht Teilnehmer. Ihr gefällt die Idee, Kunst

in einer Ladenstraße zu präsentieren, und hatte bereits im letzten Jahr mit dem Gedanken gespielt, dort mitzumachen. *Warum eigentlich nicht? Vielleicht ist es an der Zeit, mal wieder rauszugehen, sich zu zeigen. Auch wenn ich schon lange nichts Neues mehr gemalt habe.*

Sie sucht nach Anmeldekriterien, aber anscheinend kann sich jeder bewerben. *Wir wollen vor allem Hobbykünstler ansprechen,* liest sie.

Sofort klingt die Diskussion wieder in ihren Ohren, die sie seit Monaten mit Andreas führt.

Siehst du dich nun als eine Künstlerin oder nicht?, forderte er sie in stoischer Gleichmäßigkeit heraus.

Einmal stritten sie sogar im Treppenhaus darüber. Yvonne war es unangenehm, weil die Nachbarin gerade nach Hause kam. *Ach, Sie sind also Künstlerin?,* fragte sie daraufhin.

Seitdem sammelt die alte Dame für Yvonne Zeitungen und Zeitschriften. *Für die Inspiration.*

Warum ist dir das eigentlich so wichtig?, wollte Yvonne damals von Andreas wissen.

Damit du endlich zu dem stehst, was du bist!

Es fühlte sich für sie aber falsch an, eben eine Nummer zu groß. Für den Moment, vielleicht auch generell.

Autorin bin ich, denkt sie dann immer. Den schreibenden Weg geht sie seit ihrer Teenagerzeit, hat im Selbstverlag zwei Bücher rausgebracht. Dass sie vor einigen Jahren zu malen und zeichnen begann, sieht sie eher als eine Abzweigung.

Ich bin Autorin, antwortet sie ihm. Viel zu leise, wie sie findet.

Eine Autorin, die nicht schreibt, meint er und trifft wieder mal ins Schwarze.

Doch, das eine oder andere Gedicht, verteidigt sie sich, aber an ihrem Romanprojekt hat sie seit einem halben Jahr nicht mehr geschrieben, seit ihre Mutter im Krankenhaus gestorben war. Danach ist es ihr aus den Händen geflutscht, das Schreiben, das Malen und auch das Leben. Viele Wochen hat es sich so angefühlt, als wäre sie die einjährige Yvonne, die gerade laufen gelernt hat und sich an sämtlichen Ecken und Kanten blaue Flecken holt.

Sie taucht aus ihren Erinnerungen auf. Tapsig, das war das Wort, nach dem sie gesucht hat. Die Mutter kann ihr jetzt nicht mehr aufhelfen, wenn sie hinfällt, und dem Mitbewohner fehlte das Talent dafür. Aber es ist auch nicht seine Aufgabe, das konnte nur sie selbst. Dass ihr Gang in den letzten Wochen fester und geradliniger geworden ist, wird ihr erst in diesem Moment bewusst. Yvonne fährt den Laptop hoch, öffnet ihr Postfach und fügt die im Zeitungsartikel angegebene Mail-Adresse in die Empfängerzeile. *Was wollen die noch wissen?* Man sollte kurz etwas über sich schreiben, was man macht und ein, zwei Fotos der Werke anhängen.

Sie geht ins Schlafzimmer. Zwischen Kleiderschrank und Fenster hat sie ihre Bilderecke eingerichtet - fertig bemalte große und kleine Leinwände, dahinter die Arbeiten von einer Gruppenausstellung, noch in Luftpolsterfolie eingepackt. Sie lehnt das erste Bild schräg gegen das Schienbein und blättert so nacheinander alle durch. Danach fühlen sich ihre Hände staubig an.

Sie schickt drei schnell ausgewählte Fotos aus ihrer Datei *Meine Arbeiten,* um überhaupt etwas zeigen zu können, und rechnet fest mit einer Absage.

Immerhin habe ich es versucht, denkt sie.

Zwei Tage später ploppt die Antwort des Veranstalters auf: *Wir freuen uns, dass du dabei bist.*

Als Anlage hat man ihr Namen und Ansprechpartner der gut dreißig beteiligten Geschäfte geschickt, nur einige wenige sind bereits mit Künstlern belegt. Sie kann selbständig Kontakt mit den Gewerbetreibenden aufnehmen und den Veranstaltern mittteilen, wie sie sich entschieden hat. Sie würden die Daten dann einpflegen. Sie druckt die Liste aus und legt sie erstmal zur Seite.

Die schaue ich mir später in Ruhe an, denkt sie und bemerkt ein flaues Gefühl, welches sie von der letzten Ausstellungseröffnung her kennt. Ist sie wirklich schon bereit dafür?

Komm, kneifen gilt nicht, sagt sie laut zu sich selbst. Es ist ja keiner da, der sich an ihren Selbstgesprächen stört. Neugierig greift sie nun doch zum ausgedruckten A4-Blatt. Ein Spirituosengeschäft, ein Wollladen, sogar ein Späti beteiligen sich. Ein Friseur, Kosmetik-Salon, zwei Apotheken, ein Copyshop, weiterhin ein Uhrmacher, zwei Optiker, ein Goldschmied und viele mehr. *Wo passe ich hin?*, fragt sie sich.

Und noch viel wichtiger: Was stelle ich aus? Will ich wirklich das alte Zeug wieder hervorholen? Also wenn ich schon mitmache, will ich auch was Neues zeigen. Doch woher nehmen und nicht stehlen? Sie lacht. *War das nicht auch so ein Spruch von Oma?*

Augenblicklich denkt sie daran zurück, wie sie krampfhaft versucht hat, den Birkenweg mit Kohle nachzumalen, weil sie Angst vor den Farben der Erinnerung hatte. Das Bild, welches sie als Kind bei der Großmutter bewundert und das ihr das Leben nun mit dem Erbe übergeben hatte, liegt inzwischen auf dem Flurschrank zwischen anderen Dingen aus der Vergangenheit.

Doch Yvonne vertraut ihrer Intuition und weiß, dass diese Erinnerungen gerade nicht zufällig aufgetaucht sind. Sie klickt mit der Maus auf den Button Dokumente und öffnet den Ordner Lyrik. Da ist es. Zwei Jahre hatte sie nach dem Tod der geliebten Oma gebraucht, ehe sie ihre Gefühle so ausdrücken konnte.

wenn ich nicht mehr bin

für käthe

wenn ich mal nicht mehr bin
hast du oft gesagt und
auf das bild gezeigt über
deiner couch, das ich
als kind schon liebte

doch der gedanke,
es einmal zu besitzen,
verursachte mir damals
übelkeit

ich habe deine worte weggewischt
mit meiner hand
immer wieder
voll scham, aus angst und

weil ich nur an mich dachte

wenn ich mal nicht mehr bin –
heute erst erkenne ich deinen mut und
ich schäme mich, weil ich ihn nicht ernst nahm,
deinen wunsch, darüber zu reden

nun sind mir diese worte zugeflogen,
und
das bild, das ich als kind schon
liebte, hängt über meiner couch

wenn ich mal nicht mehr bin -
wird meine liebe reichen
für die, die bleiben?
und wer schreibt meine gedichte,
wenn ich nicht mehr bin

ich frage mich das nur
im verborgenen,
spreche die worte flüsternd,
allein für mich

voll scham, aus angst

doch du hast sie gehört und
zwinkerst mir zu
mit deinen augen blau wie das meer
in dem gesicht, welches ich vor mir sehe
heute noch

wenn ich mal nicht mehr bin,
möchte ich so sein wie du

Danke, Oma, flüstert sie.
Auf einmal kommen die Ideen so schnell, dass Yvonne
nur Stichworte notiert. Dann nimmt sie sich die Liste der
Geschäfte noch mal vor und entscheidet sich.

*

Drei Wochen später.
Andreas stellt die Kaffeetasse auf das Fensterbrett und
zieht sich mit dem Fuß den Küchenstuhl heran. *Wo ist
denn der zweite?,* fragt er.

Vorübergehend im Keller, der hat mir beim Arbeiten im Weg gestanden. Ich habe vergessen, ihn hochzuholen.

Yvonnes Lächeln gerät etwas schief

Der Tisch ist mit Farbtuben übersät, Spachteln, zusammengeknüllten und losen Zeitungsseiten, Zeichenkarton, dutzenden Stiften. Dazwischen thronen zwei leere Marmeladengläser, in denen Pinsel wie die Stängel einer blätterlosen Pflanze stehen. Sie folgt seinem Blick. *Wie ich sehe, zeichnest du keine schwarzen Birken mehr.* Sie bemerkt die Frage in seinen Augen, schenkt ihnen jedoch keine Antwort.

Yvonne löst ein angepinntes Prospekt von der Korkwand und reicht es Andreas. *Da mache ich übrigens mit.* Er wirft einen Blick drauf. *Cool. Die machen doch Kunst in einer Einkaufsstraße, so richtig zentral, oder? Und in welchem Laden stellst du aus?*

Beim Bestatter, sagt sie.

Seine rechte Augenbraue schnellt hoch, wie sie es immer tut, wenn ihn etwas irritiert. *Okay,* sagt er und zieht das Wort so lang wie einen Satz.

Auf der Rückseite ist der Standortplan.

Er dreht den Flyer um. *Hast du dich deshalb für den entschieden, weil er versteckt in einer Seitenstraße liegt? Nein. Eigentlich nicht. Mensch, Yvonne, das wird deine erste Ausstellung nach vier Jahren sein!*

Er ist laut geworden.

Du sagst das so, als würde ich meine Sachen in der Kanalisation zeigen.

Er fummelt eine Zigarette aus der zerdrückten Schachtel seiner Hosentasche, zündet sie aber nicht an.

Du rauchst wieder?, fragt sie.

Siehst du hier Rauch?, schnaubt er. Dann fragt er:

Apropos zeigen, was stellst du überhaupt aus?

Gedichte und Wortcollagen.

Nichts Gemaltes?

Das eine schließt das andere doch nicht aus. Ich verbinde es nur miteinander.

Poesie, sagt er. *Wärest du nicht dann -* er überfliegt die angegebenen Geschäfte und pickt schließlich mehrmals mit dem Finger auf eine Stelle *– in der Buchhandlung am Bahnhof viel besser aufgehoben?*

Möglicherweise.

Sie möchte, dass er es versteht und erklärt.

Stell dir Folgendes vor – der Mensch, der beim Bestatter sitzt, eine Beisetzung vorbereiten muss, ist emotional angespannt, traurig, fragt sich möglicherweise, welchen Sinn sein eigenes Leben jetzt noch hat. Und während er die Details für die Trauerfeier festlegt, den Blickkontakt vermeidet, sieht er sich rasch im Raum um. Oder wenn er sich verabschiedet, beim Rausgehen, fällt sein Blick auf einen meiner Texte, er liest die beruhigenden Zeilen eines Gedichtes, eingebettet in ein Farbenmeer oder umrahmt von erdigen Tönen. Vielleicht bleibt er sogar stehen und entdeckt plötzlich auch noch die anderen, vier, fünf werden es sein, denke ich. Und diese Worte zaubern ein kleines Lächeln auf sein Gesicht, von außen kaum sichtbar, aber innen hat der Kummer einen Riss bekommen. Darum mache ich das.

Yvonne holt tief Luft, als hätte sie während der letzten Sätze vergessen zu atmen.

War eine Bauchentscheidung.

Na, dann.

Mehr sagt er nicht dazu. Sie weiß nicht, wie sie das deuten soll, verspürt aber auch keine Lust, darüber nachzudenken.

Sie stehen nebeneinander wie Schauspieler in der falschen Theaterkulisse. Andreas durchbricht die Stille.

Ich gehe dann mal auspacken.

Freitag in einer Woche ist Eröffnung, ruft sie ihm hinterher.

Keine Reaktion. Sie geht zu ihm.

Wirst du kommen?

Daraus wird leider nichts. Er geht an ihr vorbei ins Bad.

Warum nicht?

Ich fahre übermorgen wieder, habe mich für einen weiteren Lehrgang angemeldet, vielleicht gibt es danach auch noch ein Praktikum.

Er sieht nicht aus, als würde er das bedauern.

Das ist doch..., sie macht eine längere Pause.

...schön für dich.

*

Neben ihm steht sein Gepäck.

Viel Glück für deine Ausstellung im Bestattungsinstitut.

Er grinst.

Sie geht nicht darauf ein.

Pass einfach auf dich auf, fügt er den abgedroschenen
Spruch hinzu.

Du auch, sagt sie. Sie umarmen sich kurz. Er deutet auf
ihren Bauch. *Und auf den auch,* fügt er hinzu.

Sie weiß, dass er damit ihre Entscheidungskompetenz
meint.

Mit dem ist alles in Ordnung, stellt sie klar. *Das passt
schon.*

Alles.

Minutenglück

Geht Ihnen das auch manchmal so? Jemand in Ihrer Nähe isst ein leckeres Eis, oder es unterhalten sich zwei über Süßigkeiten und schon bekommen Sie Appetit?

Der Köder einer unsichtbaren Angelrute ist in Ihr Unterbewusstsein eingedrungen und Sie können nicht anders, als die aufkommende Lust zu stillen. Sie wollen ein Eis oder etwas Süßes und am besten sofort.

So erging es mir am vergangenen Donnerstag in der vollen Straßenbahn. In meiner Nähe telefonierte eine junge Frau laut genug, um unfreiwillig mitzuhören. Leider konnte ich ihr Gegenüber nicht verstehen, dabei hätte ich es mir in diesem Fall gewünscht. So erhaschte ich nur Bruchstücke:

Ich kann doch nicht backen.
Ja, ich weiß, sie mag das.
Wie lange muss der Teig in den Kühlschrank?
Drei?

Kannst du mir das vielleicht schicken?

Welche Stufe?

Goldgelb, okay.

Spätestens bei „goldgelb" trafen ihre Worte auf mein schlafendes Mekka der unterdrückten Sehnsüchte, wie ich es liebevoll nenne.

Ich roch bereits den frisch gebackenen Kuchen, schnitt ihn an und wurde dem Wasser, welches mir im Mund zusammengelaufen war, nur durch mehrfaches schnelles Schlucken Herr.

Zu Hause angekommen, nahm ich das dicke, abgenutzte Buch vom Regal. Verlag für die Frau von 1952. Die unappetitlich braune Farbe des Einbandes war im Laufe der Jahre als vergilbter Rand in die Seiten eingezogen.

Meine Lieblingsseite trägt ein Eselsohr. Ich legte das aufgeschlagene Buch neben die Schüssel, obwohl ich die Angaben längst auswendig kenne. Irgendwie gehört das dazu.

Die Butter mit dem Zucker sahnig rühren, das Eiweiß mit der Milch verquirlen und abwechselnd mit dem Mehl zur Buttermasse geben, bis ein geschmeidiger Teig entstanden ist.

Schon als Kind backte ich oft spontan dieses Rezept, manchmal, um meine Eltern zu überraschen, manchmal

aus Langeweile, aber immer aus Appetit - Sandgebäck.
Mit der Teigspritze sollte man am Ende kleine Ringe auf
dem Blech formen. Bei mir wurden das untertassengroße
Flatschen, weil mir die Geduld fehlte. Schon damals
musste bei mir alles schnell gehen.

Daran dachte ich, als ich mich wieder über den
Knethaken aufregte, der sich beim Rühren aus dem
Mixer löste, immer nur der linke. Wenn ich diese dann
aber zur Reinigung entnehmen will, sind beide so fest
eingerastet, dass ich sie kaum rausdrehen kann.
Wahrscheinlich ist mein Mixer ebenso speziell wie ich.

Die Sache mit dem Formen habe ich vor einigen Jahren
ganz gelassen und den Teig einfach auf das komplette
Blech verteilt. Ich liebe gebackenen Teig, darum liebe
ich auch Kuchenränder. Während bei Familienfeiern alle
den saftigen Obstkuchen lobten, machte ich mich über
die trockenen Ränder her. Von den meisten verschmäht,
konnten sie für mich nicht dick genug sein. Weil es
davon permanent zu wenig gibt, backe ich sie mir selbst -
Sandkuchen, oder besser Randkuchen, wie ich sie nenne.

Die Mutter meines letzten Freundes backt grandiose Kuchen, ihr Gasofen ist ständig im Einsatz. Als ich das erste Mal bei ihr war, schnitt sie vor dem Auftragen die Kuchenränder ab. Ich fragte sie nach dem Grund. *Die sind doch das Beste.*

Nein, damit brauche ich meinem Mann nicht zu kommen, antwortete sie. *Die kommen weg.*

Selbstverständlich rettete ich die Ränder!

Glühende Luft traf mein Gesicht, als ich den Backofen öffnete und das Blech heraushob. Sofort wollte ich den Rand anschneiden, probieren, pustend, das heiße Stück in eine kleine Kunstholzschale werfend, aus der ich es mir dann zupfend einverleibe, gierig, weil es der Moment im Mund ist, nur dieser Moment, den ich schnell und immer schneller wiederholen muss, bis ich einen Schluckauf bekomme, weil ich zu hastig gegessen habe. Oder bis es mir so sehr auf den Magen drückt, dass ich nach Luft schnappe. Manchmal wird mir schwindlig davon. Doch sobald das abgeklungen ist, esse ich weiter.

Aber ich war noch nie eine Genießerin, ich schlinge, gierig, als hätte ich Angst, nicht genug zu bekommen.

Auch frisch gebackenes Brot war vor mir nicht sicher, wie ein Tunnelgräber pulte ich dicke Löcher hinein. Ich war machtlos, konnte nicht aufhören. Es war mein Minutenglück, welches unaufhörlich nach Nachschub rief. Manchmal frage ich mich, was wohl Siegmund Freud dazu gesagt hätte.

Heute habe ich Frau Niemeier aus dem Erdgeschoss zum Kaffee eingeladen. Ihr Mann lebt seit einem Schlaganfall in einem Pflegeheim. Ich mag sie. Warum, kann ich gar nicht genau sagen. Sie strahlt einfach so eine warme Herzlichkeit aus, dass ich mich in ihrer Nähe sofort wohlfühle. Vielleicht verspüre ich auch deshalb das Bedürfnis, mich ein bisschen um sie zu kümmern. Sie hat sich einen Apfelkuchen gewünscht. Also belege ich den Teig dick mit Äpfeln und streue großzügig Mandeln darüber. Doch so uneigennützig, wie das jetzt klingt, bin ich auch wieder nicht, denn ich reduziere den Bereich mit Obst auf ein mittleres Viereck, umrahmt von einem besonders breiten Rand.

Da die Umluft an meinem Ofen nicht mehr funktioniert, gelingen mir keine mehrschichtigen oder gefüllten

Backwaren mehr, oft dauert es bei Ober- und Unterhitze doppelt so lang, dann ist der Boden schon dunkel, aber das Innere noch matschig.

Ich hoffe, dass der Kuchen rechtzeitig fertig wird und erhöhe die Temperatur auf ein paar Grad mehr als angegeben. Nach etwa zwanzig Minuten schaue ich nach, doch es scheint sich noch gar nichts getan zu haben. Ich wage es, auf zweihundert zu drehen, stelle den Wecker auf zehn Minuten.

Dann kann ich noch schnell die Apfelschalen zur Biotonne bringen, ehe sie Fruchtfliegen anlocken, denke ich. Der Müllplatz ist nur ein paar Schritte vom Haus entfernt.

Wieder in meiner Wohnung werde ich vom süßen Duft umarmt. Er nimmt mich an die Hand, führt mich zur Küche, heißt mich willkommen. Ich genieße das und wünsche mir, dass sich meine Nachbarin nachher auch so angesprochen fühlen wird.

Auch bei der nächsten Probe bleibt noch Teig an der Gabelspitze kleben, das dauert heute ungewöhnlich lange. Ausgerechnet. Also noch mal fünfzehn Minuten, dann sollte es aber reichen.

Es klingelt an der Haustür, die Postfrau hat ein Päckchen für mich und fragt, ob ich eines für Kajuks in der 5. Etage annehme. Ich gehe ihr einige Stufen entgegen, weil es mir leidtut, dass sie wegen der größeren Sendungen immer häufiger Treppen steigen muss. Sie freut sich über die Geste.

Auf der Treppe begegnet mir noch Frau Schneider, die über mir wohnt. *Na, Sie sieht man ja gar nicht mehr!*, stellt sie sich mir in den Weg.
Ich werde nervös, denn sie schwatzt so gerne, weiß ich doch um den eingeschalteten Backofen. Also vergesse ich meine Höflichkeit und verabschiede mich zügig.

Tatsächlich hat der Kuchen in den vergangenen Minuten zu einem rasanten Endspurt ausgeholt – ein paar Mandeln sind schon schwarz. Schnell stelle ich die Regler auf null, da klingelt es bereits an der Tür. Schweißperlen stehen mir auf der Stirn.

Frau Niemeier ist da und überreicht mir einen Strauß bunte Gerbera.

Bitte kommen Sie rein.

Sie deutet auf den Strauß: *Die mögen Sie doch auch so gern.* Als sie meinen fragenden Blick bemerkt, fügt sie hinzu: *Wir haben uns im Treppenhaus mal über Blumen unterhalten und festgestellt, dass wir beide Gerbera bezaubernd finden.* Ehe ich etwas dazu sagen kann, schnuppert sie: *Brennt hier etwas?*

Mit den Blumen in der Hand flitze ich in die Küche. *Oh nein!* Ich habe den Regler in die falsche Richtung gedreht, statt auf null auf zweihundertfünfzig Grad. Ich reiße die Ofentür auf, greife das Geschirrtuch, ziehe am heißen Blech, verbrenne mir die Finger.

Mir ist zum Heulen.

Ist doch nicht so schlimm, meint Frau Niemeier, die mir gefolgt ist. *Wissen Sie, wie oft mir das schon passiert ist?*

Ihre Worte trösten mich nur schwach.

Wir stehen in der Küche und schauen beide auf das missratene Backwerk.

Das ist doch noch zu retten. Haben Sie ein großes,
scharfes Messer?
Ich öffne die Schublade und gebe es ihr. Mit geübten
Handgriffen enthauptet sie den Kuchen, legt die
abgetrennten Oberteile an die Seite. *Wenn wir jetzt noch*
ein bisschen Puderzucker darüberstreuen, sieht er wie
neu aus. Ich lächle sie dankbar an.

Sie nimmt im Wohnzimmer Platz und ich richte zuerst
die Blumen in der Vase an, dann auf einem schönen
Glasteller die Kuchenstücke, die nun eine dicke weiße
Zuckerschicht tragen.
Tut mir leid, meine ich, *die Äpfel müssen Sie sich denken.*

Mir tut es leid, erwidert sie überraschend.
Als Sie mich gefragt hatten, was ich gerne essen würde,
dachte ich, ein Apfelkuchen ist schnell gemacht und
schmeckt eigentlich jedem.
Daraufhin beichte ich ihr meine Vorliebe für Ränder.

Beherzt greift sie zu. *Ich finde, dass Äpfel im Apfelkuchen total überbewertet sind,* sagt sie mit ernster Miene. Da müssen wir beide lachen.

Ich erhebe meine Kaffeetasse: *Darauf trinken wir!*

Insgeheim schwöre ich mir, dass der nächste Apfelkuchen mir gelingen wird.

Drei Wochen später mache ich einen Gegenbesuch bei ihr. Mein Gastgeschenk habe ich in bunte Folie eingepackt und sogar mit einer Schleife verziert, damit sie es nicht sofort erkennt.

Als sie es öffnet, lacht sie. *Apfelkuchen, wie herrlich, danke! Mit Mandeln sogar.*

Und mit Äpfeln, füge ich stolz hinzu.

Schauen Sie mal auf den Tisch, sagt sie.

Dort wartet bereits ein Riesenteller voller wunderbar goldgelber Teigstreifen auf mich. Daneben stehen Likörgläser aus gutem Kristall, wie ich sie von meiner Oma kenne. *Vielleicht wird es später Eierlikör geben,* denke ich.

Wir lassen es uns schmecken, ich genieße glücklich
meine Ränder und Frau Niemeier den vollständigen
Apfelkuchen. Schließlich holt sie aus der kleinen
Hausbar ihrer Schrankwand eine noch ungeöffnete
Flasche Apfelkorn und gießt uns ein. Etwas davon
schwappt über, als wir die Gläser ergreifen.

Gisela, meint sie.
Monika, sage ich.

Worauf wollen wir trinken?

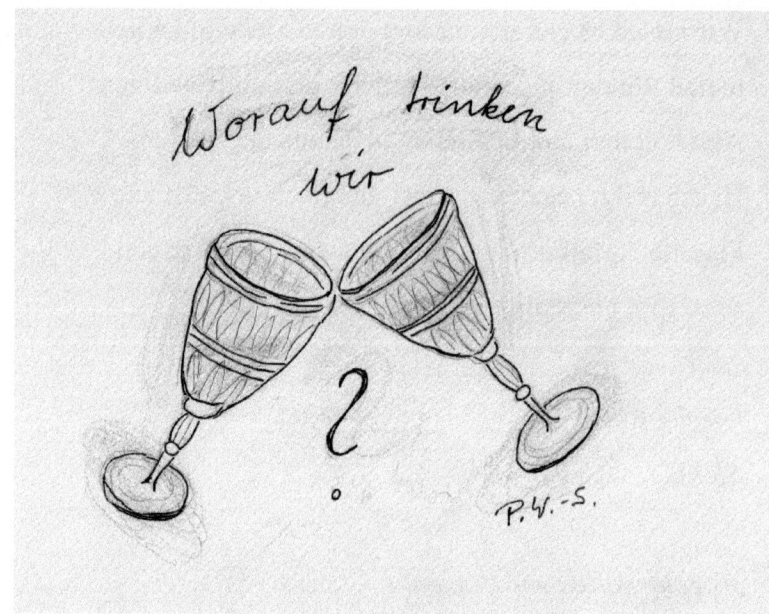

Über die Autorin:

Astrid Reimann, geboren 1961, schreibt Kurzgeschichten und Gedichte, die bereits in einigen Anthologien und Zeitschriften veröffentlicht wurden.
Außerdem gibt es regelmäßig öffentliche Lesungen ihrer Texte (bisher nur in Berlin). Der Kontakt zu dem Publikum ist ihr sehr wichtig.

Seit Januar 2023 werden einiger ihrer Lesungen musikalisch von Udo Glaser (Gesang und Gitarre) begleitet.

Mehr über die Autorin erfahren Sie hier:

www.astrid-reimann.de

Über die Zeichnerin:

Petra Wölfel-Schneider wurde 1959 in Berlin geboren, studierte Kunsterziehung/Deutsch an der Humboldt Universität zu Berlin, leitete u.a. einen Mal- und Zeichenzirkel, organisierte viele Jahre die Ausstellungen anderer Künstler im „Kino Kiste" Berlin. Nun stellt sie auch wieder regelmäßiger eigene Arbeiten aus, wie u.a. die Illustrationen, oft verbunden mit einer Lesung aus dem dazugehörigen Buch.

Dieses Buch ist bereits ihr siebentes gemeinsames Projekt.

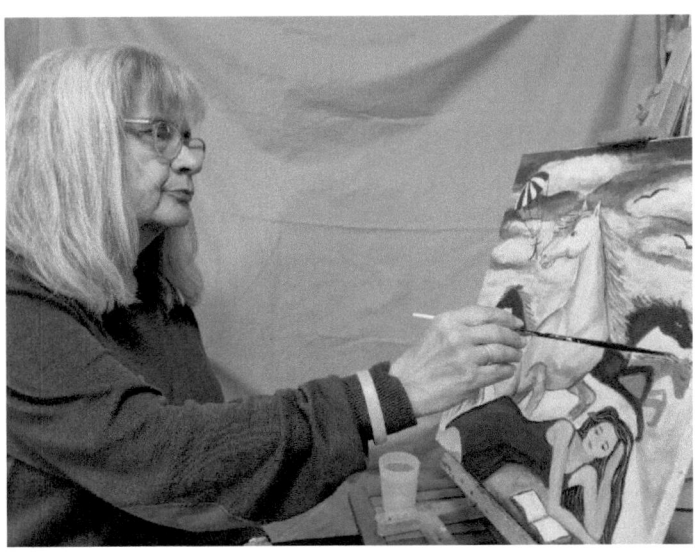

Von Astrid Reimann bisher

im BoD-Verlag erschienen:

- Zurück im Fundbüro der Träume
- Anna auf der Suche nach der Geduld
- Die zauberhafte Scheibe
- Das Schneckenmückenpferd
- Das Fenster gegenüber
- Der goldene Weg
- Der halbe Mann und andere Geschichten
- Ich sehe was…

Von Petra Wölfel-Schneider bisher

im BoD-Verlag erschienen:

- Nora und das Einhorn